JULIETTE

DU MÊME AUTEUR

Réconciliation, Robert Laffont, 2021.
Méchantes blessures, Plon, 2019.
Le Jeune Noir à l'épée, Flammarion/Présence Africaine/Musée d'Orsay, 2019.
Camus, l'art de la révolte, Fayard, 2016.
Place de la République, Indigène éditions, 2015.
L'Islam au secours de la République, Flammarion, 2013.
Le Dernier Français, le cherche midi, 2012.
La guerre des banlieues n'aura pas lieu, le cherche midi, 2010.
Qu'Allah bénisse la France!, Albin Michel, 2007.

Abd Al Malik

JULIETTE

Robert Laffont

92, avenue de France 75013 Paris
ISBN : 978-2-221-25424-0
Dépôt légal : août 2023

À toutes les femmes.

La contemplation divine dans la femme est la plus intense et la plus parfaite.

Ibn Arabi

I.

Le nom du village de Ramatuelle vient de l'arabe *Rahmatu'llah* qui signifie à la fois miséricorde, bonté et bienfait de Dieu. En effet, durant le haut Moyen Âge, c'est dans cette région, en Provence et dans les Alpes, que la présence musulmane fut la plus durable en France. Juliette – qui ne croyait pas en Dieu mais en la Liberté, ce qui revient au même – s'y installe dès 1985.

Peu le savent ou, plus précisément, peu le comprennent comme il le faudrait vraiment. C'est invoquant la liberté que tous se l'approprient, ou que tous sont en droit légitime de se la représenter. Emploi plus ou moins lisible selon la personnalité même des exégètes, dont la tâche est de nos jours vitale, si la notion de *vivre ensemble* signifie encore quelque chose au-delà de l'abyssal vide de sens de notre époque tout à la fois égoïste, égocentrée et médiatique. Mais c'est parce que notre temps est moderne ou postmoderne, au choix, c'est-à-dire tout en superficialité. Finalement, dans un âge beaucoup moins complexe qu'il ne paraît, ne s'agit-il pas de muer en pleine lumière, en phase avec ce compte à rebours tragique car bientôt tout bientôt irréversible, ces héros héroïnes sublimes en authentiques paladins paladines dont l'exposition ainsi renouvelée fera la substance d'individus nouveaux dans *un monde d'après* qui s'assumerait enfin vraiment ? Du point de vue poétique cet exercice consiste à dire que Juliette Gréco est bien devenue ce prodigieux vaisseau qu'elle ambitionnait d'être en appréhendant la chanson comme le théâtre, comme une tragédienne ne fabriquant jamais un personnage, se laissant juste habiter tout entière par l'esprit. Jusqu'à ce que disparaisse ce qui n'a jamais été et apparaisse ce qui n'a jamais cessé d'être.

Ce procédé à mi-chemin de la poésie et de l'action permet, de manière originale, à l'époque du rejet de Soi et de tous les replis sur soi, de donner à voir aux habitantes et habitants du village monde les perspectives incommensurables qu'ouvre le fait de dire vraiment l'universel.

Répondant à une question qui lui était posée au sujet de la connaissance et du connaissant véritable, un soufi qui vivait dans le massif des Maures autour du golfe de Saint-Tropez au Xe siècle répondit simplement : « L'eau prend la couleur du récipient qui la contient. »

L'esprit illumine tout. Juliette est bien une incarnation de la Liberté. Cela est manifeste pour celles et ceux qui l'ont suivie sur les scènes de concert et les trottoirs de la comédie humaine. Mais je ne dis pas plus, ni moins à l'évidence, que celles et ceux qui ne se contentent pas de voir ou d'entendre avec la chair et le nerf. Elle aurait pu se figer dans l'image de la femme fatale de film noir, comme beaucoup d'artistes à la beauté étrange – et donc paradoxalement éminemment digeste par la société de spectacle et de consommation encore naissante alors – rêvent d'être éternellement perçues, mais bien plus qu'une œuvre d'art plastique, ou une croqueuse mythique d'hommes – devenus à leur tour dans un retournement ironique le sexe faible. Elle incarne à sa guise la femme libre travaillée par le mystère. Son chef-d'œuvre à venir est donc sa propre personne façonnée par l'esprit qui l'habite, indépendamment de son allure sereinement ostentatoire. Son chef-d'œuvre sera essentiellement mystique puisque Juliette perçoit toute chose sous l'angle de l'amour et de la liberté. Et, bien loin de toutes les gloses psychanalytiques et des simples autoprojections affectives, son éclat fascinant de femme – qui est plus qu'une femme (et qu'un homme donc) –, frange et longs cheveux noirs sur les épaules, toute de noir vêtue, n'est qu'une des infinies manifestations du divin ou, autrement dit, l'un des fourmillants réceptacles de l'absolu. À l'exact opposé, sans doute, sur le plan géographique et celui des mœurs, de Rabi'a al Adawiyya, mais renversant comme elle toutes les manières d'être femme et toutes les idées reçues de l'époque, consolide l'idée d'égalité en droit et en devoir, projette au monde l'idée de comportement ou d'intelligence du moment présent comme acte spirituel par excellence.

Elle est différente, singulière, comme Rabi'a. Simone de Beauvoir a le paradoxe de la philosophie moderne occidentale chevillé au cœur, et au corps. Barbara saigne en continu sous les griffes acérées d'un aigle noir, comme Françoise Sagan ou Marguerite Duras, George Sand, Gabrielle Chanel, Jeanne Moreau, Brigitte Bardot ouvragent leur propre représentation. Elles la cisèlent. Alors que ces deux-là s'extraient de la matière et de l'image, au lieu de s'y complaire.

Ces deux extrêmes, ces deux pôles, relient le tout. Tout n'est qu'extase éprouvée, mort aux choses des mondes respectifs auxquelles elles appartiennent toutes deux au départ. Tout est poésie, chants allégoriques, en vérité, décrivant tous les degrés de l'amour jusqu'à la paix suprême, ou la révolte absolue, dans laquelle l'âme devient absolument libre en réalisant dans l'extase, donc, qu'elle l'a toujours été. Mais on ferait fausse route en pensant que la perspective divine n'embrasserait qu'un seul aspect de cet amour. Les apparences, comme les actes, ne sont que des formes vides ne pouvant accéder à la vie que par le secret de l'intention. Un destin aussi insondable que le libre arbitre a fixé ces deux êtres dans l'insaisissable, hors de l'esprit, d'une herméneutique populaire. Elles ont tellement été elles-mêmes, si entières, dans leur grandeur d'âme, qu'elles se vécurent l'une et l'autre comme d'authentiques orfèvres d'un langage poétique censé traduire à l'extérieur l'indicible d'une intériorité sans compromis ni compromission, approchant ainsi, de la plus noble des manières, un statut légendaire. Elles sont toutes deux d'éclatantes illustrations de la diversité de la lieutenance divine, en ce bas monde.

Ces deux femmes sont ardentes comme le feu et la glace. Elles s'affrontent dans un duel qui n'en est pas un. Et si toutes deux font force du verbe, elles habitent chacune une époque où rien n'est moins symbolique que la culture occidentale et où rien ne l'est plus que les cultures d'Afrique et d'Orient. Mais, à vrai dire, l'existence pleine de ces deux femmes confirme (d'autant plus à l'ère de la mondialisation) que les notions de Nord ou de Sud, d'Est ou d'Ouest, sont toutes relatives en termes d'appartenance et ne sont supériorité ou infériorité que par rapport à une humanité empêtrée dans le règne despotique des apparences. Toutes les deux dessinent des cheminements en arpentant un sentier qui traverse les mondes : les Enfers, la Terre et les Cieux. L'une d'abord dans l'adolescence durant la Seconde Guerre mondiale et l'abandon symbolique de la mère qui s'est prolongé à la mort du grand-père, l'autre dans la perte de ses deux parents, puis de la liberté dans l'indigence et l'esclavage. Toutes les deux pourtant incarnent deux façons complémentaires, bien que distinctes, d'envisager l'existence, l'une tout extérieure et l'autre tout intérieure. À toute attitude de Juliette peut se superposer, en quelque sorte, un geste équivalent de Rabi'a mais qui doit s'évaluer sous un angle plus profond. Autrement dit, Rabi'a est à Juliette ce que l'esprit est au sens littéral. Consubstantielles, l'une et l'autre liées comme corps et âme. Elles sont visage et masque populaires. Toutes les deux, d'un certain point de vue, symboles d'un état d'être d'un ordre supérieur. Rabi'a suffoquant dans les bas-fonds et la prostitution, comme Juliette enfant dans un pensionnat de bonnes sœurs où l'on violait les jeunes filles dans leur lit. Penseuses positives, pour les esprits chagrins. Car Rabi'a, pour transcender les événements tragiques de son histoire personnelle, va leur trouver une valeur symbolique, comme Juliette, pour soulager toutes les femmes de sa génération, utilise l'art comme remède et la culture comme refuge. Toutes deux ayant la conviction profonde que le manifesté n'est qu'un reflet du caché. L'une l'affirmant en chanson, l'autre par les sciences ésotériques de l'islam, c'est-à-dire le soufisme. L'art et la science, par une juste enchevêtrure, peuvent prendre une formidable dimension intérieure.

Constatez comme elles sont toutes les deux des femmes à la puissance inouïe ! Voyez à quel firmament elles se sont faites astres solaires autour desquels gravitent tant de mâles lumineux à la superbe légitime ! Regardez comment l'espace, le temps et la morale ne peuvent affecter leur ressemblance ! Observez, bien que l'une et l'autre se fassent régulièrement attaquer par de nombreux genres d'opposants : tout d'abord, les vitrioleuses et vitrioleurs qui au fond ne sont pas autre chose qu'envieuses et envieux ; puis, les gardiennes et gardiens de temples où l'on n'adore que soi ; enfin, les modernes qui ont sombré dans l'incapacité conceptuelle de faire toutes sortes de connexions inédites, mais évidentes, entre les choses, entre les êtres ! Admirez avec quelle majesté elles font fi de pléthores et d'a priori qui s'opposent perpétuellement à cette quête profonde de sens contenue pourtant dans chaque être ! Émerveillez-vous donc devant ces femmes de noble caractère ! Et, comme les foules guéries de tout tempérament grégaire et émancipées de tout caractère partisan, vous verrez sans effort qui parmi nous incarne le vrai. Sachez, néanmoins, que quiconque n'a pas de mœurs régulièrement nourries par l'esprit ne peut saisir la parenté essentielle de ces deux femmes ! Sa perspective est réduite par les diktats outranciers de la société du temps présent et des adorateurs de l'histoire, dont la compréhension des choses demeure toujours à la surface. Considérez comment l'attention que porte notre regard sur elles reste d'une obscurité dense si elle n'est pas alimentée par la lumière de la bienveillance, et il n'y aurait aucun intérêt à évoquer ces dames si elles n'étaient deux figures à l'exemplarité éblouissante ! Touchez du bout du cœur l'élan qui les porte vers la force d'amour qui se tient derrière celles et ceux qui, brûlant de les suivre, délaissent toutes considérations mondaines, tranchent le lien parental, découragent l'injonction sociétale ! Estimez combien cet amour pèse sur leurs choix, leurs décisions personnelles, leurs amitiés, leurs détestations officielles ! Prenez l'une comme personnification de l'amour céleste, comprenez la fascination que l'autre exerce sur la gent masculine comme l'attirance qu'éprouve le dévot pour le divin ! Intéressez-vous à leurs faits et gestes, leur être entier est symbolique, c'est manifeste ! Parce que cela est le fruit d'une ouverture intérieure, réalisée par l'exercice orthodoxe de l'art et du métier d'être humain, ou par la compréhension de la justice comme moyen impérieux pour rétablir la justesse et l'équilibre en tout point, en toutes choses.

On ne peut ne pas tenir compte des divergences qui existent en apparence entre elles mais le rôle que joue l'amour dans leurs vies respectives est central. Elles sont toutes deux d'authentiques saintes, dans le sens où elles ne sacrifient rien, chacune à leur manière, hors du culte à la divinité unique qu'est l'Amour.

Néanmoins, l'intimité de Rabi'a avec le dieu Amour advient à la suite d'un affrontement acharné contre l'obscurité tapie en elle, et c'est parce qu'elle sort victorieuse de ce combat intérieur sans merci qu'elle finit par étreindre l'esprit ; pour Juliette l'histoire est autre. Le fruit de la lutte – que mena la femme orientale contre elle-même – est la réalisation de l'extinction dans l'essence absolue après la disparition, en soi, du monde sensible. Chez elle la sainteté débuta en effet lorsque l'extinction s'empara d'elle et prit fin, sans en faire disparaître les effets, lorsqu'elle revint au monde, sans jamais l'avoir quitté dans les faits. En outre, comme il a été dit plus haut, ce qui s'éteint est ce qui n'avait pas d'existence tandis que ce qui reste est bien ce qui n'avait pas de fin. Quelqu'un la questionna sur la façon dont elle s'y était prise pour atteindre un si haut degré de réalisation spirituelle, elle répondit n'avoir eu de cesse de simplement répéter la phrase suivante : « Mon Seigneur, je cherche refuge en Toi contre tout ce qui pourrait me distraire de Toi et viendrait à s'immiscer entre nous. » Chez Juliette, c'est tout l'inverse, disions-nous. Et elle n'a eu de cesse de le chanter. Personne, me semble-t-il, n'a fredonné l'invitation à l'autre avec la même élégante et désinvolte simplicité :

J'ai le cœur aussi grand
Qu'une place publique
Ouvert à tous les vents
Voire à n'importe qui
Venez boire chez moi
Trois fois rien de musique
Et vous y resterez
Comme en pays conquis…

Le besoin d'émancipation, d'admiration, d'une nouvelle génération de femmes, une aspiration effrénée, consciencieuse, alerte déjà préparée par l'engagement politique, artistique et l'exigence philosophique et esthétique de l'Europe de l'après-guerre, l'a portée, escortée, s'inspirant de ses gestes les plus anodins comme de ses paroles les plus sensées, imitant chacune de ses tenues non seulement vestimentaires mais aussi intellectuelles. Elle qui n'a encore rien commis quand elle est élue muse à l'unanimité par les esprits les plus brillants de l'époque. Les femmes du quotidien d'alors s'excusent à tout bout de champ d'exister, et avec plus ou moins de chance, et d'adresse, aiguillonnent le monde de leurs foyers. La femme d'exception qu'elle est alors est pertinente impertinence, indépendance salvatrice et sauvage, allergie à toute forme d'injustice. Figure inédite de la femme libre tenant la dragée haute à tous les misogynes bienheureux qui, à l'époque, fourmillent et sont portés au pinacle. Les femmes de la première catégorie, celle des femmes qu'on efface, s'effacent aussi d'elles-mêmes du fait de leur génie, d'une accoutumance, de la peur, de l'abrutissement ou, dans tous les cas, du conditionnement. Mais, pour le dernier point, cela n'est pas un jugement de valeur, un conditionnement peut être positif ou négatif selon l'heure. Aussi les inconsciences sans, fatalement, le savoir jamais vraiment, appelaient désespérément un nouveau standard féminin.

Certains hagiographes éblouis par sa liberté anachronique ont vu en elle celle par qui le scandale passe nécessairement. «Je suis infernale», clame-t-elle lorsqu'on la dit coquine, pour ne pas dire cruelle. Elle n'est au fond que la manifestation d'une animalité qu'un certain monde masculin se désespère de ne pouvoir dompter, un miroir où le garçon qui s'imagine homme peine à se voir tel qu'il se fantasme. On l'a peinte et dépeinte de multiples fois, on a voulu brosser des portraits définitifs, pour se consoler collectivement de ne pas avoir le courage de son absolue liberté. Une certaine constance, en elle, de déconstruction fougueuse, une tendance à la repartie abrupte et poétique, l'impatience calme qui s'élève, et soudain vous tranquillise. Elle ne pouvait se dissocier d'elle-même, comme le commun. Elle se tenait au cœur d'une œuvre magistrale en train de se faire, c'est-à-dire surplombant une époque incertaine mais convaincue pourtant de la nécessité de la croyance ferme en l'autorité indiscutable de la notion de progrès. Et c'est donc ce qu'elle était censée incarner, pressée en ce sens, à toute heure du jour et de la nuit, par des amoureuses et des amoureux transis, des courtisanes et des courtisans qui feignent de s'ignorer et des idolâtres heureux de céder à cette facilité, toutes tous aveuglés par cette perception frustrée, biaisée, des choses et des gens, portée, évidemment, en premier lieu à leur propre adresse. C'est donc à l'intérieur d'elle-même qu'une tragédienne, sacrée d'abord à Saint-Germain-des-Prés par des va-nu-pieds et des philosophes, qualifie d'hérétique celles et ceux dont elle discerne les fâcheuses tendances. C'est sa lumineuse déficience. C'est la tare des grandes âmes dont le geste ne peut dissimuler l'éclat de la vie intérieure. Elle portait donc en elle le paradoxe poussé à l'extrême, comme tous les êtres d'exception au génie inhabituel, pourtant bien ancrée dans les imaginaires de toutes les peuplades de la Ville lumière. Au départ elle était mutique. Au départ aussi elle n'avait pas de proche mais des spectatrices et des spectateurs sidérés par sa manière si pleine d'être femme. Combien d'hommes, combien de femmes dans le monde ont-ils ont-elles atteint un tel statut iconique sans même ouvrir la bouche ? Jean-Paul Sartre ne s'est pas trompé à son égard. Juliette s'est tout naturellement laissée accoucher d'elle-même. En ce qui concerne les haineux malveillants, elle allait les flouer d'un sourire. Elle était comme le capitaine d'un bateau pirate, apaisé toujours, dont la diligence de l'équipage était autant due à l'emballement pour sa personne qu'à l'amour et à l'intérêt propre.

Françoise Sagan reste longtemps aux premières lignes de ce drôle de ravissement. Les lointains ne soufflent mot, incapables de vivre, de saisir, cette singulière passion. Jacques Brel au moment de lui confier son fidèle pianiste, Gérard Jouannest, lui dit : « Surtout, j'espère qu'il ne souffrira pas. » « Parce que, commente-t-elle, Jacques se méfiait un petit peu de moi quand même. Pas en tant que chanteuse, mais en tant que femme. » Et le grand Jacques de leur écrire à tous deux, un an avant son décès : « C'est à cause d'hommes comme toi et de femmes comme Juliette qu'il me semblerait mal élevé de mourir trop tôt. »

A-t-on saisi dans toutes ses dimensions les conséquences du côtoiement d'âmes si singulières qu'aucune frontière dans ce monde et dans les autres ne peut isoler ? Aucun, aucune, extrémiste ne pourrait être le la biographe de Rabi'a. Juliette a pu aimer une autre femme, bien sûr, l'amour se recouvre de nombreuses attitudes et de nombreuses émotions, de nombreuses retenues et de toutes sortes d'apparentes perditions. C'est donc ainsi que s'articulent, face au sens commun, les raisons du cœur qui comprend celui-ci, mais ne peut ni ne veut se plier aux compromis qu'il exige. On se dresse devant lui, on le combat autant qu'on peut pour faire œuvre singulière. A-t-on la matière pour repenser la figure de Juliette sans lui ôter quoi que ce soit de ce qui, auparavant, a été écrit ou dit à son sujet ? Son être était-il si profond ?

« On ne voit que ce qu'on regarde », répond Merleau-Ponty. Et quand elle questionne sur l'existentialisme « c'est, dit encore Merleau-Ponty en substance, le fait de reconnaître dans l'homme, en tant qu'il est esprit et construit la représentation des causes mêmes qui sont censées agir sur lui, une liberté acosmique… ». Cette liberté, dit la jeune Juliette elle aussi en substance, est simple : « Se promener tard dans la nuit, parler jusqu'au petit matin dans des cages d'escalier, ne rien se laisser imposer, avoir des inquiétudes, des passions, des désirs formidables. Être intègre ! » Les actes précèdent l'essence ? Cela lui va. Mais se fier à l'évidence, à ce qui nous apparaît la concernant, est une erreur grossière, un traquenard de plus de la pensée positiviste. Dès lors qu'on l'a faite Aphrodite elle se fait contradictoire et ceux qui sont censés la vénérer la dénigrent dans les faits, en ne lui reconnaissant qu'un relief de surface, c'est-à-dire la confinant à l'apparence, la réduisant à un corps inspirant le désir seulement, un territoire – et pour les moins phallocentrés, un esprit à conquérir, à s'offrir seulement : « J'ai appris qu'instinctivement, commente-t-elle un jour après une entrevue avec David O. Selznick, je fuis toute forme de possession, d'aliénation. Jamais je n'ai trouvé quelqu'un d'assez riche pour m'acheter. Je ne suis pas à vendre. »

Assurément, elle est incandescence. Elle se sait partie d'un tout ou émanation de quelque chose de plus grand qu'elle. La proximité avec les gens du peuple, les gens de l'instinct, la ravit, celle de celles et ceux qui ne lui ressemblent qu'apparemment l'injurie. Son éducation faite par un grand-père chevaleresque, son héros protecteur, et une grand-mère cinglante aux légers relents antisémites, son antithèse, tous deux grands bourgeois bordelais, est le canevas d'un tempérament en lutte contre toutes les formes d'injustice. Elle est donc solitude à de nombreux égards, abandonnée chez ses grands-parents par une mère fuyant un époux irascible, un policier d'origine corse – plus âgé qu'elle de trente ans, rencontré à Paris. Sa naissance survient de cette union deux ans après celle de sa sœur aînée, elle se vit comme l'enfant de trop, son père espérait un garçon, sa mère dans un accès de colère lui jure qu'elle est le fruit d'un viol et les défections parentales ne font que confirmer ce sentiment. Cet isolement pionnier l'empourpre d'abord, lui fait prendre du recul, puis la consume et lui fait prendre de la hauteur pour finir, face à des camarades de pensionnat qui la trouvent un peu folle et surtout lorsque son grand-père bien-aimé décède. Son visage rond s'allonge alors, s'effile sous la pression d'une tristesse qui contracte son sourire et la laisse sans voix. Elle devient une jeune femme mutique, c'est une indécrottable sauvageonne, butée, seule dans son monde, un peu rêveuse, un peu à part, sensible à la douleur des autres sans jamais s'en donner l'air, dévorée par l'absence d'amour et de considération maternelle – sa curiosité reste pourtant intacte –, bientôt piquée au vif par une passion soudaine et foudroyante pour les arts et les lettres, scandant, psalmodiant Racine, avec des spasmes dans la poitrine, un souffle court, une joie abrupte, une ardeur joyeuse, mais abrutie par cette folle émotion neuve, présageant le sens du mystère qui fera son auréole, déjà tragédienne, théâtrale, ou lyrique, ou extatique, sortant d'elle-même sans jamais perdre conscience, ne psychologisant rien, et laissant tout au hasard, et lorsqu'elle se surprend, se reprend sans vraiment s'être perdue.

Flamboyante ? Assurément. À la manière d'une panthère noire – qui ne peut s'ignorer, entourée de petits chatons. Elle sait sa prédominance, humble et pudique. Mais celle-ci prend un autre sens sur une scène, où elle est un colosse. Un écran géant où l'on projette la hantise de la liberté et le désir de transgression de l'époque. Elle dira avoir légèrement transformé «Je suis comme je suis» que lui écrit Prévert. «Je ne m'imaginais pas interpréter : *Mes talons sont trop hauts. Ma taille trop cambrée. Mes seins beaucoup trop durs. Et mes yeux trop cernés.* Prévert accepta mes retenues. *Mes lèvres sont trop rouges. Mes dents trop bien rangées. Mon teint beaucoup trop clair. Mes cheveux trop foncés.* Ça, j'ai quand même voulu et pu le dire ! »

Mais l'hagiographe se convainc que c'est la première version du texte du poète qu'elle interprète même si elle ne la chante jamais. La seconde n'étant pas assez sulfureuse pour la scandaleuse. Parce que les hommes la désirent comme ils veulent jouir sur l'époque et les femmes la jalousent, l'envient, l'admirent et s'en inspirent. Parce qu'on est bouleversé à sa vue, parce qu'on est béat à son écoute, parce que les fleurs et les idées qu'elle dessine avec ses doigts, ses mains et ses bras nous tétanisent. Toutes et tous en font témoignage. Je le sais bien. Mais l'ennui que lui font vivre quelques fois des intelligences de passage se limitant bientôt au cœur puis au corps lui retire l'envie de se raser les jambes. Manquant de tout en amour elle ne manque jamais d'humour, mais est-ce vraiment une carence quand on sait, au fond, ce qu'aimer veut dire ? Dénuée de civilité, comme un être entier s'impatiente face à l'absurdité. Endurant mal l'acte et la parole méchante du temps puisqu'elle est précisément le phare de l'époque. À tout âge, elle est hardiesse, sensualité et lucidité, joliesse, acuité et animalité mais après une photographie de Dudognon, elle devient icône. Elle n'est plus humaine, ne le sera plus jamais. L'a-t-elle jamais été vraiment ? C'est la première et dernière égérie d'une philosophie, l'enseigne de la jeunesse d'après-guerre, la muse de Saint-Germain-des-Prés. Elle devient peu à peu mythique, si loin si proche, toujours plus désirable, sans volonté propre, maîtresse de sa propre destinée (et du destin des femmes des nations européennes qui se désenchaînent dans la ruine et le triomphe. Cela vaut aussi bien pour les dames serviles que pour celles à la lutte) qui se change en légende pour elle-même aussi. Et c'est inédit. Le vide intérieur laissé par le grand-père, son plus grand amour, persiste. Et cela est plus commun. Il faut comprendre ce qui se joue réellement, nous dirons qu'elle est en quête de la plénitude de sa progression en tant qu'être, par la réalisation dans son entièreté de ces possibilités qui lui sont propres. Mais, elle sait aussi intuitivement que ce ne sera pas la fin, seulement la base de laquelle elle s'élèvera vers les états supérieurs de son être. Il faut qu'elle se déshabille et se plonge dans cet océan sans rivage. Il faut qu'elle se confonde définitivement avec son essence.

On se surprend, néanmoins, de son penchant pour ce syncrétisme religieux où s'amalgament amitié et amour. On lui jette la pierre mais on devient déité avec ces hérésies-là. Elle est bonne camarade. Elle donne le tournis comme la jeunesse. Elle partage avec celles qu'elle aime la même appétence libertaire. N'est-ce pas ce commun goût du risque qui scelle son accointance avec Sagan ? L'écrivaine bernée par la mort qui, traversant les nuits blanches à toute allure, s'étonne elle-même qu'on l'assimile si facilement à la vie. C'est que l'autrice de *Bonjour tristesse* tombe malencontreusement amoureuse de la célébrité, ce spectre romantique à mille visages qui ne finit jamais de crucifier celles et ceux qui croient trouver en elle le salut. C'est plutôt la passion sans béatitude, ou sa recherche sans fin. Les paradis artificiels lui offrent l'hospitalité. C'est la furieuse inquiétude. La sororité des deux femmes se couvre de meurtrissures. C'est la lassitude, l'anxiété de part et d'autre, avant la déchirure et la désertion. Il n'y a plus de drôlerie. C'est le coup de sifflet, la fin des prolongations de l'enfance. C'est un constat d'échec. Il y a de l'amertume. Lorsqu'on la questionne sur la narcomanie de son amie, elle répond : «Elle ne pouvait pas affronter sa dépendance. Elle voulait fuir quelque chose qu'elle n'avait pas le courage de repousser.» C'est la vérité inflexible du constat. Il y a des regrets. Elle continue : «Cette dépendance, on peut se demander si elle ne l'a pas entretenue soigneusement. En se disant que, peut-être, c'était bien de se détruire comme ça. Lentement, mais sûrement… Je suis inconsolable de son malheur. C'est un tel gâchis… Elle était douée et faite pour le bonheur, pas pour le malheur.»

Elle est parole d'Évangile, la vérité l'obsède, la possède. Elle ne peut s'en dessaisir et se soustraire à son emprise qu'en chanson, qu'en interprétant les émotions d'un autre, d'une autre, à travers des paroles qu'elle fait siennes, parce que l'existence est un trop-plein de faux-semblants. Que le mensonge lui semble, à elle, obscur, et l'arme pour le combattre évident, et que cela nous déconcerte, et qu'on la remette en question, et s'accommode et reste apathique, comment pourrait-elle l'accepter ? Donc elle s'éloigne, elle préfère l'abandon à la colère, mais de temps à autre le courroux, et elle en est la première victime, s'impose à elle. Reste que c'est une saine colère, une exaspération nécessaire, réussissant à imposer valeur et morale sans ce moralisme et cette prudence qui font dire à l'époque tout et son contraire et font abdiquer le tout-venant face à la trahison et le paradoxe, la méchanceté et le mensonge, la sensiblerie et toutes les lâchetés. Ses choix de vie font d'elle en quelque sorte un verbe qu'on conjugue à l'éternel présent, une figure de style à jamais originale qui renverse toutes les idées reçues.

Elle nous reçoit dans sa conviction intime et apparaît ainsi comme une protestation sublime. Elle nous reçoit comme elle reçut Brel et Jouannest chez elle, dans son salon, rue de Verneuil, en déshabillé blanc, vaporeux, orné de dentelle. Il est midi, Grand Jacques chante «On n'oublie rien» et Gérard l'accompagne au piano. À cette époque, elle est oiseau de nuit. Tous ceux qui la connaissent ont oublié qu'elle fut muette, elle a le mot juste, perçant, perforant, le propos blessant en plein cœur l'ennemi. Tout le monde sait qu'elle chante l'amour comme on fait des menaces. Personne ne l'oblige et elle ne se sent l'obligée de personne. Malgré les supplications elle ne pardonne pas le traître qui récidive, elle le laisse simplement vivre, l'indifférence est sa miséricorde.

Elle a le caractère turbulent en effet mais personne n'est humilié. Elle justifie chacune de ses attitudes par sa fidélité féroce à la petite fille qu'elle fut. Elle ne change jamais d'avis quant à la parole donnée. Elle n'oublie jamais non plus le visage du moindre désagrément, elle juge l'acte jamais celle ou celui qui l'exécute. Et, elle chante, fait siens les mots des autres. Elle dénonce, entonne, chantonne, psalmodie, glorifie, récite, coquerique, rappe, Sartre, Queneau, Prévert, Brel, Gainsbourg, Roda-Gil, Carrière, Dabadie, Miossec, Ruiz, Biolay, Malik... C'est en 1949 qu'elle monte pour la première fois sur scène au Bœuf sur le toit. Wiéner lui apprend à chanter, à respirer en réalité, elle a trois chansons à son répertoire et une nouvelle vie s'ouvre à elle. Elle ne sera plus jamais une simple image sur papier glacé mais pour toujours désormais conscience collective. À mi-chemin entre la chanson réaliste à la Kurt Weill et Bertolt Brecht et le rap de la fin du XXe siècle à la Timbaland et Missy Elliott. Elle trouve son binôme définitif en Gérard Jouannest. En réalité, elle n'a ni le temps ni le tempérament d'être seule. Mais c'est un choix et non point un état de fait qui s'impose à elle : « Pas d'influences, pas de manipulations. [...] J'ai choisi. Tout. Mes amis, mes amours et le reste. » La femme ne tient donc pas grief, elle chante. Elle chante l'amour et la mort. Elle chante la vie, au fond, comme le cri derrière la prière. Le chant est la plus puissante des prières qu'on puisse faire. Il est aussi la plus sincère. Il est à la parole ce que l'amour est au sentiment. Le chant est la preuve du langage universel et de l'art comme miroir d'humanité. Il ouvre en un instant les cœurs fermés à double tour et répare, rétablit l'harmonie après le chaos. Il semble signifier dans l'éternel présent la même supplique : Ô toi dont ce bas monde et ses bienfaits se détournent. Toi qui parcours ce monde en étranger, affamé, en pleurs, à peine vêtu, confus, perdu.

Juliette

Toi qui te vois interdit dans toutes les demeures, dépossédé de toutes prétentions, désenchanté… Sache que tu n'es pas seul, sache que nous aimons pour toi ce que nous aimons pour nous-mêmes.

II.

Courant mars 2016, un mois après un concert mémorable – auquel nous ne pûmes malheureusement assister étant nous-même sur la route, mais qui nous fut conté avec moult détails par une autre interprète patentée, une autre Juliette (Binoche), qui m'avait révélé un jour devoir son prénom à la muse de Saint-Germain-des-Prés à cause de l'admiration infinie qu'un de ses parents lui portait, dans un Théâtre de la Ville qui vivait alors ses derniers instants d'absolu place du Châtelet –,

Juliette fit un accident vasculaire cérébral. Ce n'était qu'un minuscule incident pensions-nous, un accident mineur qui n'allait pas la ralentir sur la distance. On ne quittait pas la scène de cette manière et Juliette – qui avait un sens aigu des convenances – ne pouvait se dérober de la sorte. Pourtant, sa tournée d'adieu, nûment intitulée « Merci », allait s'arrêter là ; définitive. Si immanquablement, force de caractère oblige, les velléités qu'elle exprimait gaillardement à nous autres ses intimes de reprendre l'habit noir – et de continuer à dénigrer la haine sur les planches de salles de concert et les plateaux de télévision – se faisaient plus compactes, elles s'espaçaient aussi dans leurs manifestations temporelles, on eût dit que le noir, justement, d'une obscurité de plus en plus sombre se déversait sur elle par à-coups. Je vins la voir dans l'appartement du XVIe arrondissement de Paris où elle et Gérard préparaient courageusement un retour qui n'eut jamais lieu. À l'époque, je pensais qu'elle en avait vu d'autres, et qu'on avait déjà enterré plus d'une fois cette femme et cette carrière d'exception. Mais en cette fin d'après-midi, dans le salon blanc de cet immeuble catacombe, le bizarre ronflement que nous entendions de la Juliette épigénique qui nous avait demandé – avec cette élégance dont elle n'allait jamais se départir – l'autorisation de se retirer dans ses appartements pour se reposer un peu nous disait autre chose. Les derniers cris de lumière qui résonnaient dans ce logement parisien aux grandes fenêtres et au plafond haut me firent penser à mon adolescence. Dès que le soleil déclinait dans la cité, une catégorie particulière de jeunes femmes et de jeunes hommes descendaient, une à une, un à un, de leurs immeubles-donjons et s'adossaient à tout ce qui ressemblait à un mur : se racontaient dans une élocution piquante et colorée des histoires à dormir debout – cela pouvait s'étirer en effet jusqu'au bout de la nuit, et, fatalement, parler mal d'autrui en toute innocence s'avérait souvent être leur occupation favorite. Elles et ils fumaient avec élégance, se saluaient en passant sous les lampadaires, avec des allusions de faits divers cocasses – de la mort (bien qu'omniprésente) il était rarement question –, parfois ils s'invitaient à manger un kebab (salade, tomate, oignon, sauce blanche ou rouge), et s'imaginaient ce qu'ils feraient une fois devenus riches. Le rêve passait vite, mais elles et ils, grandes et grands du quartier, se donnaient toujours des airs : se la jouaient banneresses et bannerets conciliants qui du haut de leur rang faisaient miséricorde de leur présence aux croquants et croquantes n'appartenant à aucune hiérarchie nobiliaire, cul-terreux – habitués à les admirer dans ces tavernes à Coca et à merguez, qui désespérément voulaient en être. Juliette et Gérard me faisaient penser à cette noblesse calanchée que j'avais tant admirée enfant par la fenêtre de mon HLM. Ils faisaient toujours partie de notre monde mais n'étaient déjà plus tout à fait là, et, avec les automatismes d'un anachronisme sagace, tentaient de maintenir à l'existence un monde qui avait, au fond, depuis longtemps disparu. Et puis après un disque à succès j'ai quitté la cité, la gentilhommerie s'est progressivement éteinte ; Gérard est mort et Juliette s'installa définitivement à Ramatuelle. Me concernant, les va-et-vient entre la rue et l'industrie du spectacle s'attardèrent beaucoup plus longtemps que je ne m'y étais attendu ; mais après des mois passés, pour la première fois depuis plus de quinze ans, hors de la présence artistique de Juliette, à promouvoir de toutes les manières ce *hip-hop* qui pacifiait la partie rebelle de ma fratrie et rassurait le monde culturel parisien quant à ma légitimité poétique, une ardeur sèche et claire, à la Gréco, prit naissance en moi. Non pas qu'il y eût un flambeau à transmettre gisant quelque part ; dans le paysage, la voix et la personne de Juliette (me) manquaient voilà tout.

Nous nous fîmes donc elle et moi une promesse tacite et je me mis à la visiter, souvent.

Mon train de première classe avait quitté la rue et les angoisses existentielles du Croisement au Neuhof, il me semblait voir s'évaporer ce qu'il y avait de plus abject en moi et dans le monde qui m'avait vu grandir : j'embrassais l'éclat de cette beauté inédite qui me paraissait absolument invraisemblable. Le TGV, qui roulait à même le ciel et la mer, s'avançait en direction de maisons isolées et séparées par des ballonnements de terre et de végétation dont je n'étais point familier. Et puis, somnolant, par intermittence, chaque fois que j'ouvrais les yeux, je ressentais cette solitude joyeuse de celles et ceux contemplant un paysage possiblement inviolé. Le train – qui disait bientôt Saint-Raphaël – passait les unes après les autres ces demeures qui n'avaient aucun sens hors de la saison estivale, s'engouffrait maintenant dans un long tunnel. S'agissait-il d'un trou dans une montagne ou d'une somnolence plus longue ? Cela n'avait bien sûr que peu d'importance. J'étais juste un Alsacien qui visitait le sud de la France, et lorsque la campagne locale réapparut incandescente je ne pus m'empêcher de penser à Van Gogh et à tous ces barbouilleurs autoproclamés prophètes de la lumière d'ici. Le wagon était plein ; on eût dit un vestiaire de piscine municipale à ciel ouvert en plein mois d'août, entre des enfants torse nu qui couraient en hurlant dans l'allée centrale et des parents aphasiques qui – à travers de grosses paires de lunettes de soleil siglées –

observaient leur progéniture mugir d'impatience ; tout le long du trajet, je m'étais questionné plus d'une fois sur ces petites choses qu'on décidait d'amener à la vie, par amour ou par égoïsme. Juliette m'avait souvent dit que, pour elle, les enfants étaient les instruments sublimes de la beauté et du destin. Ces êtres étaient à ses yeux ces autres qu'on se devait d'aimer absolument.

« Obligé », spéculais-je à haute voix, pour dire « C'est le devoir souverain », en grand bibliophage et petit frère légitime d'Albert Camus, et, me levant pour me rendre aux toilettes, je souris au petit garçon qui me bousculait en me demandant ce qu'il allait advenir de celles et ceux qui grandissaient là où j'avais grandi et qu'on sacrifiait salement – à coups d'incohérences et de représentations malsaines – sur l'autel de l'ego à la gloire de toutes les visions racialistes et capitalistes (les deux faisant la paire) du monde. Dans ce tourment que je vivais comme un état de fait, le haut patronage de Juliette Gréco sur ma carrière de rappeur anticonformiste en train de se faire était une sorte d'anomalie salutaire qui au fond faisait sens, les lointains souvenirs de ma mère nettoyant à grandes eaux (de Javel) notre petit appartement HLM rue des Eyzies, toutes fenêtres grandes ouvertes et disque vinyle grésillant à fond « La Javanaise », se perdaient dans les infrabasses et les bas instincts de ma jeunesse pauvre délinquante et racisée ; je savais que ma terre ici – qui n'était pourtant pas celle de mes ancêtres – avait accepté, elle, avec joie et depuis longtemps, de me voir fleurir aussi naturellement que n'importe quel Blanc. Même si certains Blancs, comme ceux précisément en face de moi, un couple âgé d'une soixantaine d'années, retournant à ma place, que j'entendais tenir des propos racistes sans même s'en cacher, voyaient les choses autrement. Juliette à l'évidence n'était pas de ceux-là et avait refusé tôt de commercer avec la laideur.

Lorsque je descendis à la gare de Saint-Raphaël, le mur constitué d'habitations bon marché, d'un Döner Kebab et d'un hôtel à une étoile se dressait en face du parking où j'attendais la voiture qui devait m'amener à Ramatuelle ; subitement l'atmosphère se fit étouffante ; une file de voitures comme un serpent de tôle et de plastique ondulait dans la rue en face et plaquait sur mon visage des vapeurs brûlantes invisibles et odorantes, mais ce long serpent de ville pestilentiel ne comprenait pas le véhicule que j'attendais. Je me souviens que dans les nuits chaudes de la cité je me laissais bercer par le bruit des moteurs des voitures et des motos volées et que même le son des sirènes de police avait pu quelques fois m'aider à lutter contre l'insomnie ; lorsque les nuits étaient longues et que l'acte délinquant hésitait à se muer en émeute légitime.

Bagarres, overdoses, incendies, tapages nocturnes, bavures policières et rêve absolu de quitter cette asphyxie allaient être l'inspiration de quelques chants révolutionnaires sur des thèmes musicaux échantillonnés et d'innombrables courses folles et délirantes à la richesse. Mais rencontrer Juliette, d'abord sur 33 tours, en image puis en vrai allait être pour le jeune rappeur-poète conscient, que j'ambitionnais de ne jamais cesser d'être, un long et graduel soupir de soulagement et une intarissable source inattendue d'inspiration. « Il s'agit d'abord de trouver la beauté objective de la *street*, pensais-je, avant de pouvoir dire quoi que ce soit sur notre compatibilité avec les caractères et les peuples des autres mondes. » Tous les événements qui advenaient dans mon quotidien ressemblaient à des déclarations de guerre plus ou moins définitives avant que n'apparaisse dans toute sa lumière la figure de Juliette. Cette personnalité qui comprenait les contraires, ou plutôt les différences, m'invitait à comprendre le monde comme interaction de choses et d'êtres complémentaires. La voiture arriva. J'étais conduit à présent en direction de Ramatuelle dans un véhicule riche et noir qui gravissait des collines boisées ; le soleil puissant d'été plus le tournis du parcours me donnaient la nausée et je suais pour ne pas vomir. J'ouvrais la fenêtre et regardais les alentours crépus, verts, terres et feux. La clameur provençale : klaxon, silence intermittent et chants des cigales qui, si on ne s'y habituait pas, pouvaient prendre des airs de supplice chinois, mais tous les peuples ont leur hymne et leurs chansons propres.

La maison de Juliette apparaissait après un petit dédale de végétation et de pierres, légèrement perchée au-dessus de la Méditerranée, une maison basse, vaste et lumineuse, séparée de la mer par une lente et longue dénivellation derrière la piscine, jamais foulée par des piétinements amateurs ou des engins à moteur farouches : dans le style Air Force 1 ou YZ125 sauvage façon cité HLM : comme beaucoup d'entre nous qui avions réussi à transcender notre condition, il m'avait fallu plusieurs années pour me défaire mentalement des pétarades de cette catégorie motocross et de l'odeur du sang qui avait éclaboussé régulièrement, durant cette vie de violence et de musique, mes baskets blanches, mes jeans 501, et les murs aux taches noires d'urine du petit hall de mon immeuble. Juliette m'attendait dans un salon baigné de lumière où des bibelots et des poupées mécaniques trônaient non loin du grand téléviseur éteint : de temps à autre un petit chien noir et blanc (Rosebud) sortait de nulle part, venait se faire caresser par la maîtresse des lieux et s'enfuyait gaiement. Il aboyait aussi quelques fois et au loin ces petits jappements chétifs ressemblaient à des pleurs d'enfant. Lorsque je souris à Juliette et qu'elle me rendit mon sourire de la plus affectueuse des manières, je fus ému par la véhémence et la profondeur de ses grands yeux noirs et la beauté de son visage rose et frais : Juliette âgée de plus de quatre-vingt-dix ans avait la mine d'une jeune femme. Elle contenait une force de vie stupéfiante à la fois douce et impétueuse, son regard était d'une formidable éloquence et lorsqu'elle clignait des yeux son expression se changeait en sagesse brute, cette sagesse fruit d'une révolte apaisée qui ne pouvait plus rien avoir à voir avec une posture et avait tout d'un accomplissement, d'une vérité qui n'était plus en sommeil, on voyait l'épanouissement authentique, celui de l'esprit ayant supplanté définitivement les diktats de tous les faux-semblants.

Je lui racontais mon voyage, ma femme, ma mère, les enfants et les projets en cours ; Juliette était curieuse de tout. J'avais devant moi mon sac à dos que je déposai négligemment à mes pieds. Juliette le regarda comme s'il symbolisait de multiples manières tout ce que je venais d'évoquer.

— Tu voyages beaucoup…, fit Juliette sur un ton concerné que j'aurais pu prendre pour de l'inquiétude si je n'avais immédiatement saisi le sens profond de ses mots, car ses yeux disaient la suite avec une clarté sans faille. Fais d'une seule demeure ton foyer et prends comme résolution de ne pas te sentir seul car la nostalgie du foyer ainsi que la solitude sont le lot de tous une fois devenu étranger.

Depuis son AVC et la mort de Gérard, son bien-aimé, la foule de dévoués ne se précipitait plus guère ; embringuée dans une industrie culturelle qui ne s'apparentait plus désormais qu'à une vaste télé-réalité toujours plus obscène et surréaliste où tous les protagonistes indifférents à toutes poétiques de l'élévation ne s'exprimaient plus qu'en *buzz* et en *followers*, en nombre de vues, en *streaming*, en algorithmes et en divertissements sans portée aucune hors des apparences, de la maladie mentale, de la célébrité à n'importe quel prix et du capitalisme sauvage. Quand Juliette commença à s'endormir et qu'on la conduisit dans sa chambre, je déjeunai seul dans la cuisine qui donnait sur le jardin où je regardais Rosebud courir à travers la baie vitrée, puis, après avoir discuté avec le majordome sur l'état de santé de Juliette, je me retirai moi-même dans la chambre que j'occupais chaque fois que je lui rendais visite.

La vaste chambre jaune décorée avec un très grand raffinement était une suite parentale. Tout ici était à l'image de Juliette, élégant et à sa juste place. Sur une table basse en face du lit un bouquet de fleurs séchées remplissait la pièce d'une odeur exquise et renforçait le bon goût et la douceur vibratoire qui émanaient de tout, dans cette maison. J'ouvris la fenêtre en grand et m'allongeai sur le lit en proie à une espèce inédite de sentiments. Un lent courant d'air se laissait sentir malgré la chaleur lourde; entre la végétation et la mer au loin, je me demandais si les soufis qui avaient vécu de ce côté-ci de l'Occident, des siècles plus tôt, s'étaient imaginé qu'on ne se souviendrait plus d'eux et que leur baraka n'allait subsister que dans la générosité de la terre et l'attractivité secrète des lieux et du climat. Je me dépouillais de mes vêtements et de toutes pensées lourdes : ce poids sur mes épaules de poète assumé dans un monde où de plus en plus la plume faisait de moins en moins le poids face à l'épée dans la main gauche de tous ces despotes toujours convaincus d'être éclairés. Cette pensée fit surgir dans ma mémoire le souvenir d'une histoire qu'on m'avait racontée au sujet d'un sultan de cette région à l'époque de l'Occident musulman : « Celui-ci, le sultan, richement paré, questionna un maître soufi – qu'il reconnut marchant sur ses terres vêtu d'une simple tunique de laine grossière : “M'est-il permis, selon la Loi, de prier dans les beaux vêtements dont je suis vêtu ?” Ce à quoi le maître soufi s'empressa de rire et de répondre : “Je ris de l'infirmité de ton entendement, de ton ignorance de toi-même et de ta condition spirituelle. À mes yeux tu es comme un chien qui flaire le sang d'une carcasse et la mange dans toute son immondice, mais qui lève la patte quand il urine, de peur de souiller son corps. Tu es complètement à côté de la Loi et tu m'interroges sur tes vêtements, alors que les souffrances d'hommes, de femmes et d'enfants sont sur ta tête.” Entendant cela, le sultan se mit à pleurer, descendit de son cheval, renonça à son rang et devint le disciple du maître soufi. » Les gens les plus fortunés de Saint-Tropez étaient sans aucun doute les avatars de ce sultan :

je trouvais cela rassurant et me disais que tout espoir n'était jamais perdu et que s'il était plus difficile de faire entrer un riche dans le royaume des cieux que de faire rentrer un chameau dans le chas d'une aiguille, difficile ne voulait pas dire impossible. Il fallait donner sa chance à tous. Quand Juliette ouvrit les yeux seule dans son lit, rien n'avait changé. Allongée sur son flanc droit, les yeux en direction de la mer ; le soleil était encore haut sur Ramatuelle ; elle percevait le mouvement des vagues dans son corps, et le battement d'ailes du merlin bleu niché sur les rochers. La petite commune rurale s'était résorbée en elle ; la senteur de forêt mélangée, feuillus et conifères, l'enivrait au point qu'elle se voyait, comme avant, se lever d'elle-même de son lit et se diriger vers le piano de Gérard qui faisait glisser de ses longs doigts, sur les touches blanches et noires, des sonorités enchanteresses. Mais l'envoûtement disparaissait à mesure qu'elle quittait l'entre-deux-mondes et jamais le monde des vivants ne lui semblait aussi amer qu'à ce moment de la journée. Je pensais que Juliette allait vivre comme ça longtemps et je ne savais si je devais m'en réjouir : aujourd'hui n'était plus depuis longtemps.

III.

Et enfin, il y eut la belle saison. Celle-ci se présenta devant moi éclatante sous la forme de la splendide villa que je découvris, après m'être saisie de ma paire de lunettes de soleil fétiche Chanel, en sortant de la voiture. Le soleil de ce début de mois de juillet 1949 prêtait main-forte à la lumière, et le léger vent chaud faisait chanter les feuilles sur les arbres qui entouraient la maison. Les feuilles dansaient aussi bien sûr et, traversées par la lumière, projetaient des mosaïques d'ombres sur le parterre de graviers blancs. La lumière faisait scintiller les capots et les toits des autres véhicules qui, vitres ouvertes d'où s'échappaient les fumés de cigarettes américaines, entraient à leurs tours dans le petit domaine.

Dans la foulée de mon tour de chant triomphal au Bœuf sur le toit, on m'avait engagée au club du Vieux-Colombier. La boîte de jazz parisienne, cette année-là, prenait ses quartiers d'été à Antibes, dans le vieux cinéma Antipolis où s'installa à demeure l'orchestre de Claude Luter. J'étais censée séjourner seule dans cette magnifique et trop grande villa. Je n'avais donc pu résister à la tentation : ramener avec moi toute la fine fleur de Saint-Germain-des-Prés. C'était une belle maison blanche luxueuse et parfaitement entretenue qui appartenait à un riche industriel du nord de la France qui aimait la prêter à « ses amis » du monde du spectacle. On allait bien évidemment, et joyeusement, mettre la villa sens dessus dessous. La fête allait y être totale et quotidienne durant tout notre séjour. Dans la grande salle de réception où s'agglutineraient Anne-Marie Cazalis et Marc Doelnitz, bien sûr, mais aussi Daniel Gélin, la magnifique Zina Rachevsky, Annabel et son époux Bernard Buffet et tous les autres permanents ou de passage. Je ne manquais moi-même aucune de ces festivités, littéralement envoûtée par les singulières et savoureuses conversations, à la fois légères et graves, qui s'y tenaient, entretenues par les jeunes femmes les plus belles et les jeunes hommes les plus beaux et les plus en vue de notre métier. Les saouleries étaient douces et réjouissantes tout au moins aussi longtemps que durait le jour. La nuit tombait avec son lot d'obscurités. Certains ici reniflaient de la poudre blanche, d'autres là-bas se l'injectaient. Nombre de couples ou de trio sauvages improvisés, dans tel recoin, tel coin sombre, faisaient violemment l'amour et fort peu, comme moi – qui étais pourtant en quelque sorte à domicile –, trouvaient une pièce ou une chambre libre où passer la nuit. J'avais cédé ma couche à un couple légitime et me retrouvais souvent sur une chaise, dans la cuisine, à essayer de trouver tant bien que mal la position idéale pour accueillir Morphée.

Quand je me réveillai, en ce jour de fête nationale, le soleil était encore loin de poindre. Quelqu'un avait laissé sur le tourne-disque « Move » de Miles Davis, la sensation était délicieuse. La maison dormait, mais l'ambiance restait fraîche et sautillante grâce à la musique de Miles. Sous la douche je chantais « Les feuilles mortes », me rêvais Cora Vaucaire, j'y croyais et j'avais raison et c'était merveilleux. Je m'habillai désinvolte et sortant de la maison je remarquai que les arbres se changeaient en géants filiformes et chevelus en se détachant doucement de la nuit finissante, alors que je marchais sur le gravier qui chantait sous mes pas, en m'éloignant sous ce vent doux typique du sud de la France. En sortant du bus, le soleil qui se levait franchement me salua. Je ne me rendais compte d'aucune douleur, et me chausser m'était même devenu follement inconfortable, j'avais pris l'habitude de me déplacer nu-pieds, et c'était ainsi que je me promenais contente sur la plage de Golfe-Juan.

J'escaladais maintenant un petit muret et m'amusais à y marcher comme une funambule. Sur mon fil imaginaire, j'avançais agréablement quand j'aperçus au loin un crâne bronzé légèrement dégarni et des yeux clairs qui m'observaient. L'homme torse nu taillait une haie devant une jolie maisonnée. Je soutenais le regard de ce drôle de monsieur tout en ralentissant ma course.

— C'est toi la Gréco ? demanda-t-il

— Oui, monsieur, répondis-je.

— Moi, c'est Picasso. Je t'ai vue à Paris, au Bœuf sur le toit… Tu es bien blanche, ma petite. Dis-moi, pendant que les autres prennent des bains de soleil, toi, tu prends des bains de lune ?

J'éclatai alors d'un rire ingénu. J'aimais l'esprit de mes aînés. J'aimais écouter cette poésie naturelle qu'ils incarnaient.

D'autres matins, je prenais d'autres destinations, au gré de mon humeur. À vélo quelques fois je quittais la villa blanche et je montais, par des rues toujours inconnues, vers la commune de Saint-Paul-de-Vence. Je m'y promenais ensuite poussant ma bicyclette, revenant sur moi et mes rêves, je comprenais qu'il n'allait pas me suffire d'être belle comme disaient les autres, j'en avais conscience et je savais aussi que j'avais quelque chose de précieux à offrir au monde. J'avais déjà compris bien des choses qu'à mon jeune âge on ignorait d'habitude mais je ne savais pas parler, je ne savais pas assez bien articuler ma pensée, alors je préférais me taire, et écouter.

J'empruntais maintenant, pédalant calmement, une toute petite ruelle déserte quand une silhouette arriva en sens inverse. Je fis sonner mon klaxon de vélo en caoutchouc pour marquer ma présence. Et l'ombre à contre-jour levant la tête s'adressa à moi.

— Hé, mais c'est toi qu'on appelle Gréco ?

— Oui, monsieur.

— Moi c'est Jacques, Jacques Prévert. Tu es bien matinale, petite Gréco. Tu as déjà petit-déjeuné ?

— Non, monsieur.

— Avec ma femme et ma fille, on loue une petite maison plus bas. Tu viens ?

— Avec plaisir, monsieur.

Je trempais ma grande tartine de beurre et de confiture à l'abricot dans un grand bol de café au lait que j'allais déguster lentement. La femme et la fille Prévert petit-déjeunaient à mes côtés grands sourires aux lèvres pendant que le patriarche faisait d'étonnants collages sur d'immenses paravents. La journée commençait bien. Je ne devais pas m'en faire, pensais-je. Je rentrai l'esprit peuplé par l'allégresse, l'euphorie et la confiance en des lendemains qui, j'en étais convaincue, allaient bientôt chanter à tue-tête.

Je descendis, ensuite, de mon vélo après avoir atteint cette grande place où j'aperçus soudain, abasourdie, ces jeunes filles, il y en avait des dizaines, toutes vêtues en… moi, en Juliette Gréco (pantalon tuyau, longs cheveux et frange raide, le regard allongé, crayonné, en œil de biche). Ce style, mon style – qu'avaient immortalisé les Doisneau, Cartier-Bresson ou Dudognon en me photographiant à Saint-Germain-des-Prés – était né d'un désir viscéral de liberté et d'indépendance, du refus du désespoir et de toutes les pauvretés. Et, à présent, toutes ces filles, issues de la grande bourgeoisie ou de la noblesse chic, qui sortaient de ces limousines, entrées dans ces palaces ou montaient sur ces yachts amarrés, s'en étaient emparées sans comprendre qui j'étais vraiment, sans comprendre que mon problème n'était pas leurs contradictions, ni la contradiction en elle-même d'ailleurs, mais bien son acceptation servile. Je décidai à cet instant précis de dédier ma vie à la réduire autant que je le pourrais. J'avais tout juste vingt-trois ans.

De retour à la villa blanche, une autre surprise m'attendait à la porte de la maison. Joseph Kosma me prit gaillardement dans ses bras.

— Quelle joie de vous voir ici, monsieur Kosma.

— Bonjour Juliette ! J'ai mis en musique un texte de Desnos qui s'intitule « La fourmi » et c'est pour toi, ma petite. Pour toi !

Il allait être 15 heures. Une longue et belle table était mise sous le grand figuier dans le jardin derrière la maison. J'étais au centre de toutes les discussions ce jour-là, à cause d'une prestation que j'avais donnée la veille au vieux cinéma et qui avait plu, grandement. Tout le monde était heureux et le repas somptueux. On ne pouvait s'habituer à voir une camaraderie si simple sans quelque peu s'émouvoir et nous l'étions tous, émus.

L'orchestre de Claude Luter – qui avait décidé de jouer cette après-midi pour les transfuges de Saint-Germain-des-Prés que nous étions, était au complet dans le beau jardin provençal. Les notes se mirent à tourbillonner, et Annabel, habitée par l'esprit du jazz, envoya valser sa paire de *sling-backs* pour se déchaîner pieds nus sur la piste de danse inopinée – le gazon. Alors que tout le monde dansait, riait et applaudissait Annabel, je m'approchai de Kosma et lui glissai à l'oreille :

— Me donneriez-vous aussi, monsieur, la permission de chanter «Les feuilles mortes» ?

Oh, je voudrais tant que tu te souviennes
Des jours heureux où nous étions amis
En ce temps-là, la vie était plus belle
Et le soleil plus brûlant qu'aujourd'hui

Les feuilles mortes se ramassent à la pelle
Tu vois, je n'ai pas oublié
Les feuilles mortes se ramassent à la pelle
Les souvenirs et les regrets aussi

Et le vent du Nord les emporte
Dans la nuit froide de l'oubli
Tu vois, je n'ai pas oublié
La chanson que tu me chantais.

IV.

À qui d'autre aurais-je pu consacrer cette héroïde en prose, chère Juliette ? Toi qui, élevée à Saint-Germain-des-Prés, la dernière nation des ménestrels et des troubadours, ne t'es jamais détournée du jargon ancestral des enfants de la balle et du verbe. Combien en as-tu guéri, avant même que celui-ci ne les atteigne, de la virulence du syndrome de l'imposteur ? Et ce sont bien tes encouragements et ta perpétuelle sollicitude qui ont dessillé mon existence poétique.

D'un patois à la fois âpre et délicat s'exprima mon jeune âge. J'allais chérir adulte ta figure, Juliette, comme l'incarnation de ce verbe, à qui je devais tant, qui m'avait évité moult embrouilles dans les coins d'immeubles les plus sombres et fait pénétrer en profondeur les cœurs et les volontés des margoulins les plus vils, en usant du gérondif plutôt que du poing. Bientôt ma candide violence allait quitter toute fatalité pour adopter les mêmes atours qu'impliquait l'adoption de ton langage. Bientôt afin d'extérioriser ma gratitude chère Juliette, sans même te connaître, dans mon aveuglement euphorique, aiguillé par ma condition, j'allais me raccrocher aux mots, comme monnaie d'échange, pour me payer cette vie nouvelle où, bien qu'ampoulé, le cri juste se substitue à ces vérités qui se muent en mensonges lorsqu'elles sont murmurées. D'ordinaire, l'âge nubile, lorsque associé aux frustrations, nombreuses, consubstantielles aux quartiers populaires, s'assimile souvent à toutes les sortes d'enfermement, et la France, en temps normal symbole d'émancipation, se change alors pour cette jeunesse, tout naturellement en proie à l'effervescence, en cause principale de toutes les formes nouvelles d'asservissement. Ce qui est l'inverse fonction de cette nation authentiquement porteuse de ces lumières rédemptrices dont l'histoire et son ironie ont fait de toi la femme en noir, l'étincelant vaisseau. J'ai fait succéder à mon abrupt babélisme des phrases ivres des grandes autrices et des grands auteurs assidûment fréquentés durant mon enfance. À présent que le temps a fait venir à maturité mon discernement, je comprends avec l'euphorie de l'entendement que l'écriture est lettre morte sans guide vivant. Je hasarde mon cœur à l'écoute du langage des oiseaux et toujours l'instant où je frappai à ta porte se rappelle à mon souvenir et qu'importe mon prénom je suis Qays, je suis Roméo, ma tendre Juliette.

Un heureux destin m'a fait te fréquenter suffisamment longtemps pour te traduire à mon peuple, moi le fort en thème, comme on ferait une version latine, comme on ferait un *remix*. Mon désir ayant toujours été de faire entendre nos gestes et nos chansons citadines comme part entière d'une tradition commune et immémoriale. Ma Juliette, sans jamais changer de tissure, tu as su démontrer de multiples manières à différentes générations, la mienne incluse, que tu étais bien digne de cette popularité flamboyante dont tu as joui durant plus d'un demi-siècle. Puis-je ne point altérer le noir sur tes paupières, en dressant de ta personne un portrait gris, puisse mon hommage ne point avoir la mine indigne de l'épître que fut ton existence. Constate, ma Juliette, combien mon attention s'évertue à se faire écho de l'exigence poétique toute singulière qu'était la tienne et dont je fus souvent le témoin ébloui. Tout ce qu'on a écrit pour toi ou à ton sujet a toujours eu l'amour pour moteur. Et pour ma part, aucune figure profane n'alla aussi évidemment à mon cœur. Si tu as pu faire tiennes tant de chansons sans en écrire la moindre ligne, c'est que ton âme emplit le ciel de celles et ceux qui veulent te décrire. Tu ôtes toutes frayeurs à toutes celles, à tous ceux, qui craignent d'être elles-mêmes, qui suintent sur eux-mêmes, aussi naturellement qu'on respire. Ah ! Juliette, tu nous réparais n'est-ce pas ? Cette discipline que tu portais haut, tu l'exigeais pour toi-même d'abord n'est-ce pas ? Comment donc être en paix avec l'autre si on ne l'est pas avec soi-même d'abord n'est-ce pas ? sinon en mentant à son prochain et au fond à soi-même surtout, n'est-ce pas ? Faisant ainsi mourir le bonheur là où d'ordinaire on enterre le malheur je crois. Absente sans effort à tout luxe ostentatoire par ta capacité à dompter cette lumière folle qui émane des auvents sans fortune de ces sociétés du spectacle n'abritant plus qu'idoles et idolâtres, là où grand-guignol est un pléonasme. Mais, dès les premières esquisses, aux abords d'un devenir. Mais, au pic d'un parcours ; mais au terme d'une trajectoire sans possibilité de retour, on est déjà mort avant même d'avoir commencé à vivre. Alors que, arpentant pourtant les mêmes chemins tortueux où ce qui ne tue pas rend plus faible, les unes, les uns et les autres se désolidarisent et pourtant fanfaronnent comme s'ils lançaient d'une nouvelle mode. C'est l'impulsion d'un pogrom nouveau, des hommes tondent symboliquement, méthodiquement, les femmes qu'ils jettent dans des cachots sans murs ni barreaux. Et ils entament, érigent sous toutes les formes possibles des compositions féminicides. Et c'est là que tu surgis Juliette ;

non pas contre qui que ce soit mais avec la ferme intention d'être toi, tout entière. Tu as épousé un passe-temps exquis en faisant de l'engagement juste ton ami et as ainsi soulagé et ébloui ta sénescence. Te maintenant, dès lors, dans une éternelle adolescence. Nous sommes tes filles et tes garçons fermement décidés à suivre tes leçons. C'est en réalité dans ce trait maternel que se tient ton esprit rebelle. Tu ne corromps pas la jeunesse, tu la nourris de témérité et de hardiesse. Les jeunes femmes qui te prennent pour modèle sont toutes à la fois semblables et différentes. C'est ton esprit leur canon qui transcende, sans dépréciation, le corps et ses frissons.

Bien que chaque moment de l'existence contienne aussi sa part de malheur, la laideur n'est qu'un point de vue, un spectacle, aussi émouvant que cette beauté, qui nous laisse suffisamment d'esprit pour savoir que nous sommes en vie. Sans aucun doute.

Quelques fois bien sûr, les réalités douloureuses qui nous traversent viennent désagencer notre conscience juste des choses, c'est un trouble momentané dont les effets ne font que renforcer notre élan de vie. Ta nature lumineuse et absolue ne supporte d'ombre que celle de la juste colère ; tu prends acte seulement de ces mâles qui, à la manière des rapaces, dont l'obscène bestialité ne s'exerce que sur les plus faibles, ont prospéré ces derniers temps dans une haine violente et abjecte parce que leur fin définitive est proche… sans doute le pressentent-ils. Oui ces mâles ne sont pas des hommes, ils n'en ont que l'apparence. Les hommes authentiques sont à plaindre traînant toujours dans chacune de leurs expressions la nostalgie intemporelle de celles et ceux qui vivent leur existence comme une terrible infortune qu'il leur faut vivre précisément jusqu'à la fin. Les chants apocalyptiques de la pénitence leur procurent une crainte révérencielle inédite, c'est même à cela qu'on les reconnaît. L'indispensable trésor dont ils sont en quête leur vie durant peut prendre en effet le visage d'une femme lorsqu'ils arrivent à soulever ce masque d'airain qui dissimule cette mélancolie, cette peur de ne découvrir sans cesse qu'eux-mêmes, c'est-à-dire rien ni personne, derrière cette mascarade qu'est la vie de tous les jours. Cette mélopée, de leur âme, fore l'imprenable pourpris. C'est ainsi que même endormis ils grelottent d'épouvante et leur courage exténué devenu blême témoigne de leurs affres. Appuie-toi donc sur ces formidables, m'a dit Juliette. Crois en ceux qui croient de bonne foi en la justice. Dans l'adversité, comme dans la prospérité, ceux qui saisissent de leurs deux mains l'interdiction scandaleuse de croire en l'autre. De le priver de cette défiance devenue le lot quotidien. Et même si par le mépris, l'ironie, ou un autre de ces persiflages dont les foules se délectent, on a ourdi toutes sortes de stratagèmes à ton encontre, crois en la justice. Celle apprise de nos probes et augustes aïeux et transmise depuis les temps anciens où furent établis bonté, dignité, honneur et respect comme valeurs cardinales. Et qu'importe ceux qui piétinent nos êtres en jachère, de leur démarche irrévérencieuse car quand ils croient nous posséder, d'obscures pensées les assaillent et les voilà se retournant contre eux-mêmes. Nos prestigieux devanciers, poétesses et poètes, celles et ceux qui nourrissent en continu notre panache du fond de leurs sépultures dorment seulement et, s'ils le pouvaient, seraient outrés au plus haut degré en se réveillant, voyant à quel point leur descendance se fourvoie. Oui tous ceux dont l'existence entière n'est que parjure, les spectres qu'ils n'ont de cesse de mettre en colère finiront par les assiéger et les forceront à mettre eux-mêmes un terme à leurs propres existences qui à force d'égoïsme n'en avaient même plus le parfum. Telle donc est déjà pour ces pernicieux la correction légitime. Mais pour toi ma Juliette, toi que le regret n'a jamais ébranlée, savoure donc un délicieux repos ! De félicité, non point de satisfaction niaise, ta postérité, pas celle qui t'idolâtre mais bien celle qui lit entre tes lignes, dépose à tes pieds sans trembler cette peur qui jamais ne guide. Les femmes qui ont marché sur tes traces, d'une légèreté lourde de sens t'emboîtent le pas, soignent ton héritage, magnifient ta grâce. Et font perdre de vue que rien ne va. L'un de tes garçons te fait honneur au combat, moi que la nécessité a quelques fois fait changer de tutelle, sous le joug du socio-culturel. Je leur dédie, à ceux qui n'ont pu voir en moi l'avenir, tout malheureux de voir que je n'étais pas là pour rire, cet ouvrage sur ton être invisible pour qui ne tire jamais leçon. La portée de mon *flow*, Juliette, a l'élégance de ton style, aussi vrai que les gens unissent, à présent, nos deux prénoms.

V.

Ce fut vers le début de l'hiver que je sortis de prison. Quand la lourde porte du pénitencier se ferma derrière moi, une lueur laiteuse et diffuse qui s'évaporait du no man's land de la ville de Fresnes dansait devant moi; mais ce saisissement fut plus une délivrance sensorielle qu'une facétie climatique : je ne rêvais pas, j'étais libre; le bus, le métro avaient l'air de fines bulles de savon à l'intérieur desquelles je flottais – ensuite une ville de Paris mystérieuse, blanche à perte de vue, et désertique finit d'asseoir en moi cette sensation folle de lévitation. Je piétinais à présent la neige épaisse et j'étais morte de froid. Mes oreilles se bouchaient sous une pression inconnue et le soleil éclatant derrière la brume me faisait cligner des yeux de manière intempestive. Je me figeais ensuite tremblante devant un porche avant d'en franchir le seuil.

20, rue Servandoni, 75006 Paris.

Dans le grand hall, j'aperçus au fond à droite une porte blanche, trois marches plus bas. Mon corps époumoné et presque congelé, bien que je fusse emmaillotée d'un épais manteau, après qu'il se fut littéralement pétrifié à deux ou trois occasions depuis le début de mon odyssée, s'engagea néanmoins une dernière fois à me porter plus loin. Un œil, qui guettait à travers le judas dans ma direction, après les quatre coups que je portai à la porte, disparut. Quelques secondes passèrent et ce qui allait s'avérer un petit propylée s'ouvrit sur une vieille dame.

— Bonjour madame, pourrais-je parler à Hélène Duc s'il vous plaît ? marmonnai-je, les lèvres à moitié collées par le froid.

La guerre n'était pas finie, on se méfiait de tout. La vieille dame sortit, regarda consciencieusement à gauche puis à droite et sans jamais croiser mes yeux me fit entrer rapidement.

— Il fait froid, viens vite, dit-elle, qui dois-je annoncer ? Donne-moi ton manteau…

Le froid me faisait claquer des dents mais je n'osai m'opposer à la vieille dame quand celle-ci me fit entrer, ferma la porte et prit mon manteau.

— Juliette, Juliette Gréco…

— Attends-moi ici, Juliette.

— Oui, madame.

La vieille femme disparut sans transition. J'observais autour de moi. L'endroit était agréable. Les nombreuses lampes laissaient tomber des reflets or sur le piano à queue noir qui trônait dans un salon où de jeunes gens discutaient sans s'occuper de ma présence et cela rendait l'atmosphère sûre, chaleureuse. La sécheresse hivernale semblait avoir été laissée dehors ou dans ces lieux où l'on entassait des corps, dans les prisons d'où je sortais et dans les camps où croupissaient ma mère et ma sœur Charlotte ; on eût dit que l'existence n'avait de réalité qu'ici. Je continuais à avoir froid mais mon cœur commençait doucement à battre à nouveau normalement. La résidence était une pension de famille.

Au bout d'un moment, Hélène Duc apparut, descendant, en courant légèrement, des escaliers hauts, une grosse couverture à la main. Elle se précipita sur moi avant de me prendre dans ses bras en me recouvrant chaleureusement. Elle me conduisit ensuite dans une grande cuisine où étaient posés sur une imposante table en chêne massif un bol de soupe fumant et une miche de pain. Je dévorais sans attendre ce festin inespéré.

On aurait dit qu'une bonne étoile venait d'atterrir soudain sur la terre et prenait forme humaine. Aucun signe avant-coureur mais la présence était bien là, et celle-ci avait le visage long et la beauté douce et sévère d'Hélène Duc. Cette jeune femme m'avait télescopée déjà une première fois dans un autre monde, deux ans plus tôt lorsqu'elle me fit revêtir la voix grave d'Hermione dans *Andromaque*.

Où suis-je ? Qu'ai-je fait ? Que dois-je faire encore ?

Quel transport me saisit ? Quel chagrin me dévore ?

Hélène avait été ma professeure de littérature à Bergerac, puis était montée à la capitale pour devenir actrice. Ma mère m'avait fait apprendre par cœur l'adresse de la pension où résidait Hélène, et m'imposa de m'y rendre s'il m'arrivait malheur. Alors que j'engloutissais ma soupe, elle me bombardait de questions :

— Où étais-tu ces derniers mois ? Comment es-tu arrivée là ? Où sont ta mère et ta sœur ?

Je m'endormais tous les soirs heureuse dans une minuscule chambre sur un lit minuscule, avec une minuscule fenêtre que j'allais laisser, été comme hiver, toujours grande ouverte. Quand je me réveillais chaque petit matin, il me semblait souvent que j'avais beaucoup chanté ou beaucoup rêvé ce qui, pour moi, revenait au même : mon crâne et mon cœur toujours pleins de mélodies et de citations de tragédies écrites au XVIIe siècle. Je savais que le léger courant d'air éteint et sec, en provenance de la petite fenêtre ouverte, qui se noyait dans la pièce, soufflait sur mon corps entier, nu sous les draps, avec une caresse, chaude et mélodieuse, comme s'il sortait des poumons et des joues gonflées d'un trompettiste. Il y eut de nombreux épisodes de ce genre dans mes rêveries nocturnes où l'emmêlement du temps et de l'espace me procurait de douces et d'étranges sensations, ainsi l'aurore de la ville et la mi-journée incandescente s'enchevêtraient, tout excitées par la promesse d'une chanson d'amour tragique. Et puis la sensation se fit plus précise, et je compris que j'étais une amoureuse, dont l'aspiration s'amplifiait à mesure que je prenais conscience que j'étais un instrument, une caraque de désir et d'épanouissement, de tragédie et de délectation, tout contre mon oreiller je chantais l'impossibilité de l'amour passion et frémissais.

Je ne sais pourquoi j'allais danser
À Saint-Jean au musette,
Mais il m'a suffi d'un seul baiser

Pour que mon cœur soit prisonnier.
Comment ne pas perdre la tête,
Serrée par des bras audacieux
Car l'on croit toujours
Aux doux mots d'amour
Quand ils sont dits avec les yeux
Moi qui l'aimais tant,
Je le trouvais le plus beau de Saint-Jean,
Je restais grisée,
Sans volonté,
Sous ses baisers…

Dans un curieux voyage temporel et surnaturel, je fredonnais cette chanson dans mon lit et simultanément, fiévreusement, dans un futur récent et un présent lointain, debout à côté du piano à queue, en plein milieu du salon de la pension.

Sans plus réfléchir, je lui donnais
Le meilleur de mon être
Beau parleur chaque fois qu'il mentait,

Je le savais, mais je l'aimais.
Comment ne pas perdre la tête,
Serrée par des bras audacieux
Car l'on croit toujours
Aux doux mots d'amour
Quand ils sont dits avec les yeux
Moi qui l'aimais tant,
Je le trouvais le plus beau de Saint-Jean,
Je restais grisée,
Sans volonté,
Sous ses baisers.

Les pensionnaires, des étudiantes, des étudiants et des artistes, tragédiennes et tragédiens, jeunes actrices et acteurs de théâtre principalement, se regroupaient autour de cette pittoresque voix de gorge, d'un agnosticisme sourd s'élevant vers la providence et l'abandon. Alors qu'Hélène Duc faisait entrer à la hâte, par une porte dérobée, d'autres jeunes gens et leur donnait discrètement ce qui semblait être de fausses pièces d'identité ; le jour commençait à se coucher, mais la lumière encore vive stratifiait le ciel d'orange, de rose et de sang. Le crépuscule sec était chaud ; les jeunes gens qui rejoignaient progressivement, dans l'indifférence générale, les autres pensionnaires avaient le visage blanc comme du papier mâché, à cause de la peur et de la faim. Je sus plus tard qu'ils étaient tous juifs.

VI.

Si j'ai dit souvent que Juliette Gréco était *hip-hop* et que j'ai collaboré avec elle comme j'aurais partagé le micro et la scène avec une rappeuse, c'est que j'ai pensé tôt au fond que le *hip-hop* était un existentialisme.

Un héraut qui n'est plus s'arraisonne d'ordinaire par l'écho qu'il laisse auprès de certains êtres. C'est ce que découvrent les étudiantes et les étudiants du *game* musical de chaque époque, subjugués d'abord par une musique et un être au monde tout en extérieur bien qu'en tout point fascinant mais dont elles et ils devinent la formidable envergure intérieure, dans un environnement quotidien superficiel toujours plus caricatural. Ce constat est tout particulièrement approprié concernant le *hip-hop*, son écho est aujourd'hui perceptible partout et ne cesse d'envoûter toutes celles et ceux qui s'en approchent, de Bernard Arnault aux artistes d'art contemporain, et aux sociétaires multiraciaux du monde du spectacle qui ignorent, et s'ignorent, hors du divertissement mondialisé : échos audio, visuel et virtuel, occurrence matérialiste, individualiste et sexiste déguisée en discours militant qui vont des poétesses et des poètes marchands aux influenceuses et influenceurs adeptes du délit d'initié et au déni des puissants face aux inéluctables cataclysmes écologiques et sociaux, civilisationnels en vérité.

Or c'est par elle, la culture *hip-hop*, que moi-même ainsi que de nombreuses et nombreux jeunes de ma génération avons pris conscience de notre impact et de notre place dans le monde. Notre parcours fut à de nombreux égards similaire à celui de la jeunesse de Saint-Germain-des-Prés, plein de rêves, magnifiés par une musique et la puissance poétique d'une langue française intellectuelle, riche et truculente, transbahutés, dans un souci constant, inconscient, obsessionnel, de transcender la mort, dans un imaginaire urbain (post-)apocalyptique. De ce fait, en dépit de tout ce qui nous disjoint en termes d'idées reçues, ethniques et sociales, le *hip-hop*, comme l'existentialisme pour la génération de Juliette, a répondu à nombre de nos questionnements, de notre spleen et de nos frustrations adolescentes. Cela a eu lieu durant des épisodes décisifs de notre entrée dans l'âge adulte où, pour toutes celles et tous ceux qui vivent en Occident, au sens propre ou figuré, cette période cruciale est depuis longtemps abandonnée ou détournée, quant à son sens profond, de sa véritable signification, ce qui est une des manifestations du salmigondis qu'est donc souvent devenu le monde occidental, au moins depuis Internet. Nous éprouvions la nécessité absolue de saisir le pourquoi de notre existence et le *hip-hop* donnait une authentique raison d'être, certes partielle et provisoire mais nous ne pouvions le savoir alors, à nous autres, jeunesse des quartiers populaires, qui vivions le rejet, le paradoxe et toutes les indigences, dans notre âme et dans notre chair.

Au début des années 1990 me concernant, au milieu des années 1940 concernant Juliette, quelques figures singulièrement compétentes, pour moi des intellectuels (stoïciens, médiologues et musulmans pour faire court) et certains rappeurs (de la côte Est des États-Unis, du sud de la France et de région parisienne), pour Juliette des artistes (poètes, chansonniers et *jazzmen*) et des intellectuels (existentialistes pour faire simple), avaient rendu tangible l'idée de divertissement populaire et intellectuel. Grâce à cette approche nous entrâmes dans le métier avec la ferme intention de nous réformer en réformant un monde que nous vivions sans limite mais comme terriblement injuste, aussi.

C'est le genre de discussion que nous avions Juliette et moi, au sujet de la musique, de l'écriture, du fait d'être artiste et des nombreux points que nous avions philosophiquement en partage…

Dans une époque où le *hip-hop* – sous l'appellation vague de culture urbaine – est souvent isolé de tout (et néanmoins pillé par tous) par ses détracteurs aussi bien que par de désinvoltes partisans, il m'a semblé bon de me souvenir, même brièvement, avec vous d'un des thèmes que nous abordions le plus souvent Juliette et moi-même lors de nos discussions épiques : la Loi qui perdure concernant la poétique de la chanson.

VII.

Je traversai lentement le long couloir étroit qui n'en finissait plus de m'avaler, dans l'obscurité toujours sombre donnant sur deux portes ouvertes ; depuis mon adolescence, je vivais les ténèbres comme une émotion d'une limpidité envoûtante : je m'y sentais libre et seule au monde comme Robinson sur son île. Une des portes ouvertes donnait sur une pièce où une douce lumière bleue ne cessait de s'allumer sans jamais vraiment s'éteindre, dans une intermittence satinée : la veilleuse était de celles qu'on laisse dans les chambres d'enfants en proie aux sommeils agités ; à la vue de ce spectacle inédit – deux grands chiens blancs magnifiques chacun allongé sur les deux lits se faisant face –, je rêvassai avec un frémissement de joie éberlué. J'étais pourtant absolument éveillée. L'autre porte, bien que mi-close, m'invitait en laissant entendre un sublime air de piano. Je sautai le pas et j'entrai dans un tout petit salon au milieu duquel trônait congrûment un grand piano à queue à côté d'un buste en bronze de Beethoven. Le cosaque libertaire Léo Ferré m'accueillit, faisant chevaucher ses doigts agiles sur les touches blanches et noires de l'instrument le sarclant d'un air germanique doux-amer, à la fois farouche et harmonieux. Soudain, un chimpanzé jaillit de derrière une cloison ; habillé en marin l'animal se déplaçait comme un petit garçon ivre. Ferré l'interpella et le sermonna pendant une longue minute. Le singe semblait vexé et l'écoutait, à présent immobile, en baissant la tête. La nuit, par la fenêtre sans rideau, était blanche et claire ; une atmosphère de maison de fée, une plénitude théurgique et animalière peuplait le lieu ; dans les silences entre chaque invective, un secret d'une intensité insensée, si peu courante entre l'homme et la bête, éclaboussait la pièce et faisait sourire maintenant, franchement, l'anthropoïde. Cette ambiance même étrange n'était pas scabreuse ; même en ma présence, on voyait bien que tous deux étaient tout à fait sincères et naturels. Et puis, Ferré tourna vers moi l'expression ferme que faisait son visage, et me regarda l'œil mou et me demanda d'une chétive voix de gorge assurée si je voulais écouter une chanson qu'il avait faite pour moi. J'acquiesçai de petits hochements de tête.

Juliette

T'es tout' nue
Sous ton pull
Y a la rue
Qu'est maboul'
Jolie môme
...

La beauté, si je puis dire, dont j'avais hérité était convaincante. En cas de besoin, le refus ne devait même jamais être envisagé. Mon tempérament, de toutes les façons, n'aurait jamais pu céder à toutes les facilités auxquelles me faisaient accéder naturellement ce visage et ce corps. Je ne voulais devoir mes mérites qu'à mon esprit, et c'est ce qui advint. Cette puissance souterraine qui transcendait mon sexe devait me permettre toujours de quitter ma condition sans que personne, au fond, ne s'en aperçoive, et c'est ce qui advint aussi.

Sur une durée d'existence qui s'étend réellement à travers le temps, je savais profondément que si j'expérimentais un jour une vie longue, j'allais pouvoir tenir le cap de la cohérence et n'aurais jamais à regretter ni à rougir de ce que j'aurai pu subir ou dire à un homme. Mais, à ces pensées invraisemblables d'une jeune femme qui n'avait pourtant pas encore trente ans, la chimère n'avait point d'emprise. Devant moi, j'avais l'espoir jusqu'au ciel, et, sans croire en un Dieu Protecteur, ils avaient toutes et tous en face d'eux un être que l'univers s'évertuait à sauvegarder. Au nom de qui ? Au nom de quoi ? Nul n'était à même de répondre à ces questions, il s'agissait (et s'agira toujours) de vivre tout bonnement. Vêtue d'un tailleur Chanel noir et d'un petit sac de la même couleur, je saluais et fendais la foule dans les coulisses de l'Olympia. Les yeux se posaient sur moi comme sur une chose à laquelle on n'avait point accès, et c'était vrai. C'étaient les stigmates laissés par les femmes avant moi ; elles réclamaient encore vengeance quelque part à l'intérieur de moi ; à voir les autres femmes qui étaient là, je me sentais inextricablement liée à elles toutes : on eût dit qu'être femme était un état d'être, une diathèse, la disposition d'un être unique. Je frappais à présent à la porte de la loge principale, surprenant sans qu'ils s'en émeuvent un petit groupe composé exclusivement d'hommes jouant au poker.

— Assieds-toi, tu veux boire quelque chose, Juliette ?

Georges Brassens prit place à la table. Peignoir et serviette au cou, il venait visiblement de sortir de scène. Tout de même, ce n'était ni un artiste comme les autres ni une scène comme les autres. Lorsqu'on avait joué ici et qu'on remplissait à chaque fois cet endroit, à l'époque cela signifiait beaucoup. C'était comme si les gens les plus brillants de Paris, et donc du monde, étaient aussi nos fanatiques les plus fervents. On se sentait sincèrement aimé par des gens qu'on aurait pu aisément soi-même admirer avec une intensité plus grande encore. Et brusquement le *music-hall* se changeait en temple et cela me rassurait d'aimer et de me savoir aimée par des êtres aussi distingués. On respirait tous d'un même souffle comme les pèlerins dans l'apaisement d'une prière extatique, sur la scène encore brûlante de concerts qui nous entraînent vers nos propres profondeurs et travaillent à nous faire nous souvenir que nous sommes tous issus d'une même lumière.

On eût dit que le destin de l'humanité se jouait autour de cette table de poker. C'étaient tous les aspects de la nature de l'homme qui se faisaient jour dans cette loge à la lumière tamisée à l'extrême : le frisson, la joie, l'espoir, la prise de risques inopinés, la grivoiserie instinctive, la fourberie, la mauvaise foi enfiévraient chacun des participants, dont la prise de parole signifiait toujours autre chose que ce qu'elle était censée dire. On voyait ostensiblement ici que la paix mourait d'inertie tranquille, à la façon d'un homme dangereux doué pour rendre son jeu absolument illisible : rendant ainsi l'atmosphère tout particulièrement inflammable, le groupe sonnait comme le concert des nations.

Et puis quelqu'un d'autre frappa à la porte, une jeune femme blonde.

— Monsieur Brassens…

La jeune femme n'eut même pas le temps d'aligner trois mots que les phallocrates, Brassens excepté, l'invectivèrent en chœur.

— Holà, mignonne… On est entre mecs là… Tu vois des nibards ? Des foufounes quelque part ? Tu vois bien que les bonnes femmes ne sont pas tolérées ici… Allez oust ! Et plus vite que ça !

Le visage de la jeune femme s'empourpra alors qu'elle me jetait un coup d'œil furtif comme pour me demander de lui venir en aide, avant de fermer rapidement la porte. C'est alors que je me levai brusquement, m'apprêtant à quitter la loge. Brassens qui sentait tout m'interpella alors sans me regarder.

— As-tu passé un agréable moment ma très chère Juliette ?

— C'était fabuleux, dis-je encore un peu remontée.

— Tu es gentille… Quelle chanson as-tu préféré ?

— « Chanson pour l'Auvergnat » !

Brassens s'interrompit alors brusquement en posant ses cartes.

— Un instant les gars…

Les hommes se mirent à hurler comme des veaux.

— Juste un instant les copains, merde !

Brassens songeant d'abord sur sa chaise, prit ensuite une feuille et un stylo et se mit à écrire lentement d'une écriture au trait bonhomme. Les veaux continuaient à mugir.

— Surtout prends tout ton temps… On y sera encore demain… C'est parce que ton jeu est pourri, allez dis-le… Ouais c'est ça, signe des autographes te gêne pas pour nous… On n'a rien d'autre à foutre…

Brassens souriait en écrivant, faisant mine de ne rien entendre, puis me tendit la feuille comme un document officiel d'amnistie. J'étais bien toutes les femmes à cet instant et Brassens faisait de tous les hommes des galants.

— Tiens, c'est la chanson. Je te la donne, chante-la si tu veux.

Jacques et Gérard attendaient, assis au milieu de mon salon rue de Verneuil : c'était un bel appartement que l'injustice institutionnalisée n'avait pu m'empêcher d'obtenir, mais l'histoire est trop longue bien que pas encore insignifiante et puis vous la connaissez peut-être… L'injustice, il y avait des raisons de croire qu'elle n'était pas encore près de cesser pour mes semblables, tant les injures étaient fréquentes et les abus acceptés de tous et de toutes. Souvent mon réveil précédait le jour et je méditais sur cette question : de quoi les hommes avaient-ils si peur ? Qu'est-ce qui les terrifiait tant en nous, les obligeant à nous humilier de toutes les manières pour pouvoir vivre décemment ? Ce matin je savais que c'était Brel, son pianiste collé à ses basques, qui partait faire avec ses chansons le tour des interprètes en vue, et j'étais en haut de la liste à cette époque. Le pianiste et l'auteur me plaisaient bien, en raison, en partie, de leur appétit pour la grande musique et pour la poésie des faubourgs qui faisait bonne mesure à mon exil au milieu des gens de la vie de tous les jours, et du métier (surtout) à cause de leur entre-soi et leurs habitudes criardes et outrancières de coureurs de jupons ou bien celles de demoiselles, toujours propres sur elles, légitimant toujours avec brio leur (pseudo-)culpabilité toujours disposée à donner bonne conscience aux auteurs, toujours plus inventifs, de toutes sortes de viols et de petits crimes entre amis. Lorsque j'arrivai encore à moitié endormie, en déshabillé blanc, vaporeux, orné de dentelle, Gérard se levant pour me saluer fit tomber, gauche, toutes ses partitions : c'était un premier prix de conservatoire qui avait des parents anciens résistants et communistes et qui s'était laissé encanailler dans la chanson populaire après avoir vu ce grand Belge – qu'il accompagnait – gesticuler sur une petite scène du XVIIIe arrondissement de Paris.

— Euh… excusez-moi, murmura Gérard en ramassant ses partitions à mes pieds.

— C'est moi qui m'excuse de vous avoir fait attendre, bâillai-je. Je suis vraiment confuse. On a joué hier et, enfin… Maria vous a servi à boire… Je vous ai vu et surtout entendu au Palace l'autre soir. J'ai tout de suite dit à Canetti que je voulais en entendre encore… Vous débutez et je suis un peu connue, je peux peut-être faire quelque chose… Enfin, vous n'avez pas besoin de moi bien sûr… Votre musique, votre interprétation et vos textes m'ont bouleversée… Mais allez-y, le piano est là…

Gérard se mit au piano et Brel à chanter. Ces deux hommes avaient été réquisitionnés par la grâce, pour servir la poésie, au fond en dehors de nos vies d'artistes, tous les trois, nos existences se réduisaient à presque rien, sauf que cela signifiait tout pour nous. Je me faisais l'effet d'être une humble gardienne du temple, de ce mode d'existence que hantaient seulement des fantômes qui n'avaient pas encore eu le temps de le devenir vraiment.

Ne me quitte pas
Il faut oublier
Tout peut s'oublier
Qui s'enfuit déjà,
Oublier le temps
Des malentendus
Et le temps perdu
À savoir comment
Oublier ces heures
Qui tuaient parfois
À coups de pourquoi
Le cœur du bonheur

Juliette

Ne me quitte pas
Ne me quitte pas
Ne me quitte pas
…

VIII.

Je fais partie d'une des portions de la communauté nationale les plus anciennement décriées. Je garde de ma rencontre avec Juliette l'image d'une illumination, d'un éclair de lucidité, sur le métier d'artiste et sa fonction réconciliatrice, son pouvoir de changer chacune, chacun, en porte-drapeau de cette communauté de destin qui n'arrive pas encore à saisir totalement la profondeur, l'entremêlement même, de mon appartenance à son imaginaire. Ma vocation ancrée dans l'antédiluvienne et légendaire *philosophia perennis*, dont j'écrirai j'espère un jour le récit de sa rencontre, une aspiration naturelle en direction des choses de l'esprit, et la *baraka* dont nous fûmes assurément les réceptacles, mes frères et moi-même dans notre cité, après le départ définitif de notre père du giron familial, firent que ma prise de la plume fut une métaphore jamais déguisée d'une quête de paix et d'harmonie dans un environnement absolument chaotique. Les gens de la rue qui finissent par prospérer dans l'art, ou ce qu'ils supposent comme tel, existent au fond en souvenir d'une orthodoxie perdue dont le pourchas en devient tout naturellement le moteur.

Je disais tout cela à Juliette de multiples manières, chaque fois que je montais sur scène avec elle, ou plutôt chaque fois que nous partagions une scène. Un grand artiste est comme une porte s'ouvrant sur l'au-delà, disait-on avec nos gestes propres, chacun à l'autre et au public qui avait l'amabilité de venir nous entendre et point seulement nous écouter.

Il y a quelques années, j'invitai Juliette, accompagnée de Gérard, sur la scène du Grand Rex à Paris. Des figures artistiques et médiatiques que j'admire assistèrent en nombre à ce concert. Ma mère et une grande partie de ma famille firent le déplacement de Strasbourg et Juliette et moi, à la suite de cette représentation mémorable, eûmes une discussion solennelle qui résuma, ce soir-là, sous tous les rapports la nature de notre lien tout entier ; mais peut-être même aussi – et c'est la raison pour laquelle mon esprit est arrimé à ce souvenir – le mandat réel qui est donné par la Providence à ces êtres qu'on considère comme des icônes dans nos sociétés de mauvaises fortunes, engendrées par l'accouplement sauvage d'un individualisme aveugle à une inserviabilité rance.

— Il faut que je te parle, me dit Juliette, quand je passais à côté de sa loge, avec une voix d'une inflexion rude. Il me semble que tu as réussi.

En dépit de la désinvolture qu'elle composait à l'évidence, il y avait dans cette tonalité inhabituelle une affirmation troublée. Elle me fit entrer dans la loge. Je vis Gérard assis tranquillement dans un coin tout sourire – il s'amusait grandement de cette affaire ; je demandais à Juliette de bien vouloir m'expliquer ce qu'il en était, et elle me fit signe de nous asseoir sur les deux fauteuils qui se faisaient face. Je n'étais habitué à aucune cajolerie, et, quand elle eut fini son discours, qui était une sorte d'énumération de conseils et de sagesses, je fus d'abord pris d'un saisissement, la muse de Saint-Germain-des-Prés dont la stature iconique et invariablement spirituelle vient pour nous du fait qu'elle s'inscrit dans une série de personnalités nobles qui font et on fait la France – qui va de saint Bernard à Jeanne d'Arc, de l'émir Abd el-Kader à Maryse Condé, dont c'est d'abord un être à la Terre et au Ciel, soit un être au monde, qu'ils transmettent. Considérée seule, chacune des phrases qu'elle me prononça était simple, mais en réalité prises ensemble ses paroles étaient d'une profondeur folle. À des moments une phrase plutôt qu'une autre me touchait plus fortement, à la retenue de certains mots ou à l'absence de certaines tournures de langage, je devinais que, pour l'Artiste, avec lequel elle souhaitait intimement et exclusivement s'entretenir, le sens de l'absolu qu'elle voulait donner à cet entretien nécessitait qu'il soit enfoui dans les profondeurs de la banalité de façade de l'échange que nous avions. J'allais me rappeler maintes fois cette discussion dans le futur et nous allions même y revenir longuement la dernière fois que je pus tenir une disputation pleine et profane avec elle à Ramatuelle.

En substance, me soutint Juliette, l'ensemble des arts est, dit-on, une copie de la nature mais cela n'est vrai que compris de la bonne manière ; seule l'expérience personnelle vécue nous dit, précisément, ce qu'est la bonne manière. Cette nature que l'art imite, n'est pas telle que certains artistes et le commun se l'imaginent. Il ne s'agit pas seulement de singularités physiques qui s'imposent aux sens mais bien du mystère qui émerveille les intelligences. Avoir pour seul référent l'extérieur des choses, c'est se condamner éternellement à l'imitation. C'est en voulant uniquement rendre palpables les choses de l'esprit qu'on peut avoir l'inspiration de l'art, qu'on peut prétendre au fait d'être ou de vouloir être sérieusement artiste. Aujourd'hui, le cinéma est sans doute l'art d'imitation – au sens de projection – de la nature par excellence. Malgré cela un cinéma qui se résumerait à systématiquement projeter des images de la nature se retrouverait paradoxalement à en être le plus éloigné. En réalité, on ne peut pas reproduire la nature ou la vie, ce n'est pas cela qu'on demande à l'artiste de toutes les façons mais bien de reproduire le sentiment de vie. Le summum des arts n'est donc pas d'imiter la nature, d'imiter la vie, mais de la magnifier en la catapultant hors de son cadre habituel. C'est la musique qui sans aucun doute est la plus représentative de cette démarche. Si celle-ci se met à imiter purement et simplement les sonorités de la nature, elle devient absolument sans intérêt, s'anéantissant elle-même en quelque sorte. Un chanteur ou un instrumentiste qui ne ferait qu'imiter le chant d'un oiseau par exemple ne saurait nous émouvoir comme l'artiste virtuose s'inspirant, magnifiant donc, et imitant finalement mal le chant de l'oiseau. Ce qui amena Juliette à me dire que le modèle que l'artiste vrai tente toujours d'imiter est à l'intérieur de son âme, plus encore il doit ambitionner de n'être que lui-même dans toute sa splendeur. Il doit s'émouvoir sincèrement lui-même d'abord ou trouver en lui-même ce qui l'émeut sinon il ne pourra bouleverser personne. Il y a un secret entre les âmes qui les lie les unes aux autres, les met simultanément en mouvement, ou plutôt il n'y a qu'une âme unique dont le souffle est musique. «Mais tu sais tout ça maintenant, me dit-elle.» Je restais assis, conscient de tout, en face de ce parent brusquement abandonné au surnaturel serein face à son humanité angélique. Elle frottait ses index à ses pouces, ne clignait presque jamais des yeux, son visage âgé et sans ride me faisait face avec un sourire léger comme si elle avait fini de rire. Elle me ressemblait sans qu'il y ait entre nous aucune ressemblance physique. Elle en avait pleinement pris conscience lorsque nous étions encore sur scène et c'était à présent à mon tour d'entendre et de constater l'évidence. Pour la première fois à mes yeux, Juliette s'était faite esprit.

On raconte qu'un soufi de Ramatuelle après sa mort se manifesta en rêve à l'un de ses amis et lui narra la manière dont il fut reçu par Dieu : « Que m'offres-tu ? » s'enquiert le Seigneur ; l'homme énumère ses bonnes actions, mais parce qu'aucune d'elles n'est acceptée, il dit finalement : « Je T'offre Toi-même », et c'est alors seulement que Dieu le reçut et l'accepta.

La photocomposition de cet ouvrage
a été réalisée par
GRAPHIC HAINAUT
76, rue de Nancy
59100 Roubaix

#lisez!
engagé
www.lisez.com
Pour plus d'information :
Imprimé sur du papier issu de forêts gérées durablement.

CET OUVRAGE
A ÉTÉ ACHEVÉ D'IMPRIMER
SUR ROTO-PAGE
PAR L'IMPRIMERIE FLOCH
À MAYENNE EN JUIN 2023

N° d'édition : 65680/01- N° d'impression : 102660
Imprimé en France